화요일 자정에 걸을 수 있는 여자는 모두 나오세요

임혜라
시집

화요일 자정에 걸을 수 있는 여자는 모두 나오세요

임헤라
시집

도서
출판 북인

별 한가운데로 들어간다

젖은 등을 말린다
따뜻해진다

볕이 자꾸 달아난다

2022년 12월
임혜라

차례

4부 허수아비는 자주 나를 안겠다는 듯

1부

발을 넣으면 금세 쏟아져버리는 구름

나는 구두가 없어요

저 구름보다 아름다운 구두를 본 적이 없어요
기분에 따라 변하는 부드럽고 신비한 저 가죽은
수양버들이나 노을이나 봄을 벗겨 만들었다고 믿어요
아무렇게나 누워 나는 하늘에 발을 대어봐요
날마다 크고 작은 구두들을 신었다가 벗으면서
하루 수백 켤레의 구두를 보내주는 슬픔에 대해 생각해요
해안에서 산기슭까지 버려진 구두들이 쌓여 있어요
나는 언제까지 발에 맞지 않은 구두를 신어봐야 할까요
세상의 모든 구두는 젖어 있게 마련이고 비어 있어요
나는 구두가 없어요 맨발을 거두어 횡단보도에 서지요
라면 국물로 배를 채우고 편의점을 나서지요
오늘도 공중에는 어느 순례자의 장례식장처럼
수많은 구두가 모여 있어요
나는 하나하나 발을 넣어볼 작정이에요
발을 넣으면 금세 쏟아져버리는 구름도 있겠지요
그렇게 빨리 닳아버리는 구두를 본 적이 없어요

장수하늘소

목발에 기대어 서 있던 사내
파란 불이 켜지자 활처럼 굽은 채
장수하늘소처럼 걸어간다
느릿느릿 스무 걸음 남짓한 거리
느리거나 혹은 너무 흔드는 바람에 그는
네 개보다 많은 다리를 가진 것처럼 보였다
우려대로 세상은 그를 다정하게 대했다
신호에 걸린 트럭과 버스와 자동차들은
장수하늘소가 다 건너갈 때까지 푸념하지 않았다
무사히 건너편에 닿은 장수하늘소 하나
가로수 아래 얌전하게 멈추어 서서는
더듬이를 왼쪽으로 오른쪽으로 맞추고 있었다
까맣게 탄 목덜미를 이리저리 한참 돌리다가
늙은 가로수에 천천히 발을 올렸다
사실 그는 세상에 갈 데가 없었다

연꽃의 탄생

계곡은 싸늘한 바람을 끌어모으고 짙은 잎들은 남김없이 입술을 떨어뜨리는 거야 꽃들이 마른 가지를 가르며 아련히 눈뜰 때 천 길 낭떠러지 깊은 계곡에서 봄은 어린 옷자락 출렁거렸지 한겨울 나는 부르튼 입술을 수천 번쯤 손가락으로 문지르며 추운 밤을 헤맸지

얼어버린 연못에는 연꽃들의 잔뼈가 흩어져 있지 수천 번쯤 메마른 것들을 쓰다듬는 바람도 있었지 얼음의 단단한 문을 밀치던 햇살이 그 순한 이마를 내밀고 문짝에 비빌 때 마침내 딱딱한 세상은 삐거덕 열리겠지

연못에 귀를 대면 지루하게 속삭이는 물속의 고요, 그 속에 퉁퉁 부어 있는 어두운 나는 슬픔의 깃발을 높이 힘차게 흔들며 봄을 맞이할 거야 아찔한 어둠을 걷어내고 물속에서 아린 불꽃을 피워 올려야지 그렇게 부르튼 손가락들을 수천 번쯤 폈다 접으며 지나가는 상현달을 불러봐야지

물뱀 이야기

물을 건너가다 물뱀을 보았지요
우리는 흠칫 물러났는데요 물은 흥얼거리면서 흘러갔지요
물뱀은 어쩌면 물의 긴 심장이겠지요
흘러가는 이들이 맺던 약조의 손가락이거나 음악이겠죠

알아요, 물뱀을 만난 이들은 갑자기 허우적거렸죠
무릎 높이밖에 안 되는 이 낮은 물에서 가장 깊은 수심이
겠죠
그러고는 물은 흥얼거리면서 또 흘러갔지요

물뱀을 본 사람들은 모두 물러섰죠
물뱀은 어쩌면 이 산에서 가장 높은 벼랑이겠죠
그러고는 물은 흥얼거리면서 또 흘러가고요

가만히 보니 물은 똬리를 틀었다가 또 풀었다가 하면서
우리 앞을 지나가고 있어요
저것을 나는 아무도 만질 수 없는 이야기라고 부르겠어요
아무도 결말을 들을 수 없는 이야기라고 하겠어요

물을 건너서도 서늘해지는 등줄기

산을 내려와서도 물뱀은 가끔 흥얼거리면서 지나갔지요

물을 지나온 종아리가 가끔 뜨끔거려요
자다가도 걷다가도 나는 놀란 발을 빼지요
조용히 그리고 깊이 박힌 송곳니 자리가 거기 있어요
세월은 흥얼거리면서 또 흘러가지요

검은 레깅스

당신은 레깅스를 계속 입고 있습니다
겨울 가로수들도 짚으로 짠 레깅스를 계속 입고 있습니다

그 앞에 그 뒤에서
해독할 수 없는 눈보라가 흩날립니다

눈보라는 한 그루 은행나무 아래서 다소곳이
흐느낍니다, 때로는 물푸레나무 숲에 머무르고
환호하고 쌓입니다
그 위로 까마귀 떼가 우수수 쓰러집니다

봄은 저만치
멈춰 서서 아픈 맨발을 냇물에 씻고 있습니다

봄은 아직 오지 않는 핑계거리는 많습니다만
당신이 잠에서 멀리 보이지 않을 때
곤두박질치는 강물이 비단처럼 펄럭이는 소리
그러면 봄이 다 왔다는 소리입니다

당신은 겨울에도 레깅스를 계속 입고 있습니다

오늘은 건널목에 마주 서서 신호에 따라 우리는 빗겨갔습니다
그래요 우리는 모두 레깅스를 입고 있습니다

참, 내가 자정마다 지은 달빛은 조각난 눈보라가 됩니다
눈보라는 당신에게 아침을 깨뜨려서 가져갈 것입니다
달력에는 흐르는 것들뿐입니다
흐르다가 멈출 수밖에 없는 것들뿐입니다

새벽 한 시의 계단

어두운 밤 요란하게 전화벨이 울렸다
날카로운 전화벨 소리가 송곳니를 드러내고
하이에나처럼 나를 물어뜯고 있었다
나는 그때 가파른 꿈의 계단을 굴러떨어지고 있었다
송곳니가 목덜미에 박히고
귓바퀴를 물어뜯었지만 일어날 수 없었다 나는
계단을 한참 구르고 있었으므로
잠시 고개 들어 계단 위를 보았을 때
광장의 거대한 나무들이 잘려나가고 있었다
나는 어디로든 바닥까지 떨어지고 싶었으나
계단돌이 니를 물고 놓아주지 않았다
계단들은 아그작아그작 입을 움직이고 나는
끝없이 사라지고 있었다
전화벨이 요란하게 울렸다 새벽 한 시
킬리만자로로 가는 열차에서 나는
전화를 받을 수 없었다 나는
나를 깨워줄 수 없는 꿈의 철길에서
한 백 년쯤 시달리고 있었다

목련의 눈

11월이 되면
눈시울이 생기는 나무가 있다

비 맞은 잎사귀들이 젖은 문자를 받고 있다
늦게 맺힌 눈이 그것을 읽고 있다

11월이 되면
11월은 저 혼자 걷기 시작한다

늙어버린 모든 잎을 나무 바깥에 내어놓고
나무도 이제 나무를 떠날 채비를 한다

혼자가 되기 위해
혼자였던 혼자를 다 싸서 옮기고 있다

여자는 저 꽃잎의 눈시울을
열어본 적이 있다

꽃 속에서
나무는 날마다 떠나고 있었다

장미는 뒤돌아보지 않는다

　가령, 못 견디는 마음이란 장미와 코끼리와도 같은 식이지 여기 점점 달아오르는 불판 위에 산 채로 올려진 새끼 코끼리가 있다고 쳐 그는 불안한 듯 원을 그리다가 쿵쾅대며 뛰기 시작하지 코를 뻗어 우워엉— 엄마를 부르지 그래도 안 되면 우워엉 우워엉— 신을 찾기 시작하지 그렇지만 걱정하지 않아도 돼 보통 이쯤 되면 신은 불판 아래 장작을 하나씩 빼주거든 장미는 또 이런 식이지 몸부림치다가 문득 마음에도 살갗이 있는 것을 깨닫게 되지 그것이 어느 날은 붉은 장미로 보이는 거지 벌겋게 벗겨진 속살, 장미는 황홀하게 지고 말지 우워엉 우워엉— 담장 아래 떨어지지 눈 뜨고, 바라보고, 견딘다는 것 그리고 알게 되지 장미는 뒤돌아보지 않는다는 것을 죽어서야 내려갈 수 없는 철판 위에 장미처럼 살아가는 거지 살 타는 냄새를 맡으며 깨어난 오월의 어느 새벽을 나는 기억하지 어떤 마음과 기분들은 꽃과 코끼리의 혼종일 거라고 생각하지 어쩌면 나는 뒤돌아보지 않고 삶에서 내려갈 수도 있을 것 같아

오래된 고백

당신의 눈동자 속에서 탄생한 어떤 별들이 부서져 내 가슴에 굴러떨어진다 떨어진 별들이 일제히 흘러들어 은하수가 되고 봄이 되고 새가 된다 녹아내리는 영혼, 너는 열매를 하나씩 물고 내 귓불 아래 놓는다 어른거리는 날갯짓들 내 얼굴에서 움트는 환희의 긴 아지랑이들, 당신은 생의 긴 이랑이 넘실거리는 강가에 서서 나에게 손짓을 한다 나는 당신의 연약한 영혼을 어루만지며 꿈을 꾸는 것인데 이 덫은 어쩌면 꿈이어서 가능한 덫, 피어나서 꿈틀꿈틀 입을 움직이는 덫, 결코 부서져 녹아내리지 않는 덫, 한쪽 발을 빼면 다시 한쪽 팔다리가 엉켜드는 덫, 되돌릴 수 없는 덫, 당신의 눈동자, 내 영혼의 오래된 덫

꽃들이 얼룩말처럼

말과 말 사이에서 꽃들이 흔들린다
시치미를 뗄 때마다 알고 싶은 것들이 생겨난다
무표정한 이마를 들썩이며 절반이 잘린 꽃

꽃과 말 사이
갓 태어난 옹알이가 축축하다
애꿎은 목숨을 말리는 한낮
꽃을 기어올라 떨어진 꽃잎을 읽고 있다

꽃말을 묻어둔
마른 꽃잎이 주머니에 수북이 쌓인다
옹알이를 잘게 다지면 꽃의 뼈를 찾을 수 있을까

온몸으로 소리를 움켜쥐고
흙을 퍼먹는다

갈라파고스의 에게해를 젓는
포세이돈의 팔, 꽃은 거기서 왔다

꽃들이 얼룩말처럼 달려온다
나는 통통하게 살찐 꽃들을 보러간다

아홉시에 만나요

아홉시 뉴스를 지나간다 뉴스는 뉴스를 덮고 지나가고 아홉시는 아홉시를 외면하고 지나간다 여자의 채송화 꽃잎 같은 스커트를 지나가는 아홉시 뉴스와 흰 허벅지를 지나 아스팔트를 검게 감으며 지나가는 자전거 바퀴살, 바람과 검은 것들과 지나간 아홉시를 지나가는 여자, 뉴스의 지나간 말[言語]들이 개미 떼처럼 허벅지를 지나 채송화 속으로 지나간다 계단과 허공에서 발생한 구슬픈 뉴스들이 아홉시를 지나간다 아홉시는 어디에도 흐드러져 피었지만 그리고 지나가지만 누구도 아홉시를 탓하지 않는다 아홉시는 뉴스가 되지 못한다 뉴스가 시작되는 아홉시는 뉴스에 나오지 않는다 잘못 들어선 길에서 우리는 아홉시를 만난다 아홉시는 정확하게 아홉시에 우리를 지나가버린다 우리는 아홉시를 찾지 못한다 우리는 아홉시를 붙잡지 못한다 아홉시에 우리는 만날 수 없다

창공의 이름으로

활강하면서
푸른 하늘을 우러러보는 일은 참담한 짓이다

캄차카 항로를 지나 북태평양 항로를 우회하면서
당신의 위치를 곁눈질하는 가시거리가 정겹다

시원하게 날아오르는
그윽한 이유 앞에서 나는
때로는 피었다 지는 꽃이다

치솟는 가속 정지거리가 당신에게서 아득하다

뭉게구름은 정지선을 감싸고 있고
잠행하는 개방구역이 어지럽다

당신의 귀착점을 돌아나오면
활주로가 해변을 끼고
어디든지 관통하는 항로를 열어보인다

가늠할 수 없는 기착지의 공시거리가 질척거린다

당신을 향해 비상 추락하는

머나먼 항로에는 언제나 비가 내린다

2부

여전해요 이틀 밤 잠을 못 잤어요

나는 계단에 앉아 있고 목소리를 잃었어요

늑골 속은 고요합니까? 고요 속으로 들어가면 비로소 말할 수 있습니까? 내 목소리가 그때야 들리겠습니까? 내 늑골에서 일어난 그림자와 인사를 나누시겠습니까? 늑골과 늑골 사이에 당신을 안고 뮤지컬을 봅니다 노래와 춤이 길고 지루합니다 나는 알처럼 등을 말고 뮤지컬을 관람합니다 당신도 보이십니까? 저 뮤지컬 배우들의 몸짓이, 어제와 똑같은 표정이, 치밀한 무대장치들이, 저 노파는 구부러진 허리 때문에 창을 열지 못합니다 창을 열고 고양이 따위를 밀치겠지요 당신은 어떻게 당신의 늑골 밑으로 나를 밀어뜨렸습니까? 창을 열었습니까? 창으로 나를 불러냈습니까? 노파는 화분을 밀쳐버리고 노래하고 연기하고 웁니다 당신이 그랬듯이, 우는 연기는 생각보다 쉽습니다 당신이 그랬듯이, 뮤지컬이 끝나가고 있습니다 심장에서 눈동자까지 가는 티켓으로 여기에 왔습니다 내 늑골 속은 고요합니까? 뮤지컬은 즐거웠습니까? 대부분 계단은 어둠으로 이어집니다 대부분 어둠은 계단에 눌러앉아 있습니다 내 목소리가 들리기는 합니까?

강가 무덤

밥은 솥 안에서 익는다 솥은 불길 속에서 익는다 여자들
처럼 밥솥은 시끄러워진다 쌀알에 때깔을 여미고 다듬는
것은 화끈한 일이겠으나 저 흰 낱말들을 익히는 것은 또한
외로운 일이어서 우리는 숟가락을 꼭 쥐고 가끔 먼 곳이나
고향을 생각한다 흰 안개를 먹은 적이 있다 신열에 시달린
밤이었다 그 안개 속에 아버지는 마스크를 쓰고 알아들을
수 없는 말을 건넸다 알 수 없는 이야기를 마치 알아들었다
는 듯 나는 고개를 주억거렸다 식구들을 불러 모아 따뜻한
안개 한 통을 다 나누어 먹은 밤, 아비는 참으로 밥통 같은
사람이었다 식구들은 밥통을 안고 모두 열심히 안개를 퍼
먹는 동안, 그 강가에 안개가 다 식을 때까지 당신은 어렴풋
이 웃고 있었다 강가 무덤에 안개 한 공기 놓고 일어선다

백지의 꿈

저 둥근 백지에서 토끼들이 자꾸 뛰어나오는 걸 나는 이리저리 뛰어다니는 토끼들을 잡고 싶어 그 토끼들이 절구통에 빻은 달빛을 갖고 싶은 거야

백지에 손톱을 넣고 싶은 거야 하얗게 휘어지고 찢어지는 달에서 수천 마리 은어가 튀어오르도록 자꾸 찢어버리고 싶은 거야

한 마리의 고요도 남지 않게 한 줄 달빛도 남지 않게 한 마리 토끼도 살지 못하게 저 백지를 갈기갈기 찢어 천 개의 강에 뿌리고 싶은 거야 세상에 없는 악보를 쓰고 싶은 거야

강물마다 수천 개의 면사포를 씌우고 나는 그 신부들의 손을 잡고 입장하고 싶은 거야 길이 끝나는 곳에 신부의 손을 버리고 바다까지 떠내려가는 신부들을 보고 싶은 거야 토끼도 은어도 신부도 모두 사라진 백지 속에 하룻밤만이라도 깊이 잠들고 싶은 거야

어쩌면 다 안개여서

나는 날마다 수양버들가지 끝에
붉은 울음을 질끈 묶어두고서
안갯속으로 들어가 길을 잃어요

길도 없는 길에서
누군가를 향해 휘파람을 불어요
휘이 휘 휘이—
입속에 배어나오는 구슬픈 안개

휘파람이 끊어질 때마다
안개는 물가에서 아득한 허공으로 옮겨 앉고
휘파람이 이어지면
또 그 자리에 흰 꽃을 피우는 거예요

해독할 수 없는 먼 꿈의 속살
안갯속에는 돌아오지 않는 이들의 풍문과
쓰러지며 다시 일어서는 그리운 이들

슬픈 세상들이 모여
더딘 길로 서로를 풀어내는 일이

어쩌면 다 안개가 되는 건지요

먼 하늘 우러르다
긴 그림자에 드리운 휘파람 소리

트렁크

당신은 떨어진 잎들을 트렁크에 넣는다 허름한 트렁크를
열고 차곡차곡 잎을 담는다 열린 트렁크 열어젖힌 트렁크
에 바람을 채운다 새들이 트렁크에 앉는다 구름이 트렁크
에 들어가 새들과 함께 어떤 하늘을 구성한다 당신은 트렁
크를 들고 바다로 갈 예정이다 트렁크 안에는 자꾸 구름이
흘러다닌다 새들, 납작한 새들이 종잇장 같은 구름에 묻혀
흘러다닌다 당신의 트렁크는 수평선에 버려질 것이다 당신
은 수평선까지 이 트렁크를 끌고 가 트렁크 속에 담긴 모든
것을 털어버릴 계획이다 가슴속에 굽이쳤던 말들을 하나하
나 내다버릴 마음이다 마음을 휘저었던 당신의 애인과 말
들을 트렁크에 담는다 트렁크는 잠긴다, 옮겨진다, 흔들린
다, 흘러간다, 열린다, 뒤집힌다, 가라앉는다 트렁크는 아무
것도 아니다

절벽과 새

아폴론, 당신의 말은 눈부시지만 내 몸에 부딪치면 절벽이 되요 이것을 불운이라 말하기엔 절벽은 지나치게 우뚝 서서 저리도 견고하고요 새소리가 부딪친 절벽마다 혈흔이 남아요 그 자리에 독버섯이 귀처럼 올라와요 나는 절벽에 자라는 아름다운 귀들을 모른 척 할 수 없어요 나는 당신의 말을 놓을 수 없어요 놓치면 떨어지는 걸요 이 적벽에 날아들어 별들은 읽을 수 없는 천체들을 그리다 가곤 해요 봄이 되면 꽃들이 발소리 죽이며 올라와 머물다가곤 해요 사실 꽃은 별만큼이나 아주 오래된 일이에요 요즘은 봄도 여기까지 올라오는 일이 드물어요 꿈도 여기까지는 올라오지 않아요 괜찮아요 나는 이미 근사하게 늙은 기암절벽인 걸요 아폴론, 우리가 어울려 살던 좋은 아침의 시대는 저물었지만 괜찮아요, 절벽은 무언가 팽개치기에 좋아요 당신과 잘 어울리는 짝이에요

밤은 꼭 있어야 해요

여자가 옷을 벗고 있어요
째깍째깍 시간이 흘러가요

여자는 자정 안에 있고
여자는 시곗바늘처럼 돌아가요

자정은 밖에 있고 여자는 상자 속으로 들어가요
여자의 그림자는 상자 속에 못 들어가요
상자는 접으면 모서리가 사라져요

흙비가 온다고 하네요 꽃가루 알레르기는 여전해요 이틀
밤, 잠을 못 잤어요

오른쪽 팔에 주사를 맞았어요 왼손잡이거든요
자정까지 올 수 있나요
병원 뒤 주차장에 서 있을게요

내 옷은 어디에 있나요 가르쳐주세요 천천히 오세요 길
게 대화하는 것은 불가능합니다 집에 가야 돼요 블라우스
가 뒤집혀서 하늘을 향해 있더군요 밤은 꼭 있어야 해요 두

살짜리, 네 살짜리 아기가 있거든요

그녀는 그녀에게 말합니다
화요일 자정에 걸을 수 있는 여자는 모두 나오세요

손맛

식당 여주인이 돌솥을 놓다 떨어트렸다
정갈하게 놓여 있던 밥상은 순식간에 아수라장

여주인의 엄지가 벌겋다
벌써 손가락 끝이 풍선처럼 부풀어 있다

조금 전까지 불판 위에 놓여 있던 돌솥이
상 위에 뜨겁게 엎어져 있다

여주인은 애써 별 일 아니라는 듯
엎어져 있는 돌솥을 일으켜 세운다

쏟아지고 엎어진 밥알들이 흰 김을 씩씩 내품으며
새 그릇에 담기는 동안
나는 부풀어오른 여자의 엄지를 보았다

마음이 뜨거웠으나 내색하지 않았다
밥 한 공기를 깨끗하게 비웠다

천천히 후후 손가락을 불어 식히면서

붉은 높은음자리

당신은 푸른 새벽이 트여오는 하늘 끝으로
붉은 애드벌룬을 날려보낸다
G마이나의 음계는 청동의 물결 소리
북위 34°와 동경 122°의 D장조로 건반을 오르내리고
안락한 봄밤의 들판에서 피어오른다
장대비가 스쳐간 뒤의 적막이 개여울을 돌아나가면
낭랑한 강물의 넓은 가슴으로 비 머금은 산들이 일어선다
당신이 젖은 눈시울로 드문 솔밭길을 서성이는 동안
흥건한 연초록 풀잎 사이로 바람이 흐느낀다
물살 시린 강어귀에서 눈 뜨는 붉은 높은음자리
금빛 햇살이 목청을 가다듬는 광장 너머
저기 당신이 걸어온다

폐문廢門

　나는 나의 모든 구멍을 틀어막는다 내 입속에 은둔하던 슬픈 응원가를 폐기한다 귓가에 살던 당신의 입술과 아침마다 병사처럼 일어나던 나의 굳센 눈동자를 그만 닫는다 세상으로 나가는 내 모든 출구를, 당신이 들어서던 모든 입구를 폐쇄한다 내 생을 출발시킨 봄날은 더럽고 여름날 공중은 녹슨 철판처럼 삭아버렸으니 내 이야기에 녹물이 흐르는 것은 당연한 것, 입가에 부질없이 떠돌던 유쾌하거나 불량스럽거나 살얼음 같은 대화들을 창가에 버리기로 한다 당신을 향해 열려 있던 나의 모든 문을 내 손으로 걸어 잠그는 시간, 나는 우산을 펼쳐 내 하늘마저 닫는다 녹슨 인연의 끈들이 우산 위에 뚝뚝 끊어져 떨어진다

밀실

나는 오래 전에 당신이 잠근 방이었지요 옷을 벗어요 삐
걱거리며 단추를 풀고 들어가면 내 쓸쓸한 휴일은 넓고 넓
어 들판이 수백 개쯤 되지요 손닿을 듯 흩어지는 저 꽃잎들
을 보세요 저 바람의 열쇠들이 모두 어느 서쪽에서 당신이
보내준 꿈이에요 사방팔방이 꽃밭이네요 사방팔방이 꽃바
람이네요 오월 어느 날에 태어난 월요일이 서쪽으로 지고
있어요 산줄기는 어둡고 길어요 누군가 두고 간 열쇠 같기
도 해요 서쪽으로 갈 수 있어도 아무도 서쪽의 끝을 만날 수
는 없어요 어떤 청춘이 다홍 치맛자락을 몇 번 추켜올리다
가 사라지듯이 나는 당신이 잠근 방에서도 사라지겠죠 수
백 개의 들판을 떠돌다 사라지고 말 테죠

우리의 일요일

혼자였던 나는 둘이 된다
그림자와 깍지를 꼭 끼고 나는 손을 흔든다
비틀거리며 따라오는 그림자
계단을 내려가면 너는 활짝 웃으며 한 걸음 내려선다

너는 환희에 온몸을 떨고 있다
네 핏줄이 내 심장에 감기고
네가 와서 우리는 엇박자로 때로는 발맞추어 길을 간다

엘리베이터를 타고 눈부신 지상에 올라서면
잠시 엘리베이터 안에 머무는 그림자
나는 돌아가 잘린 다리를 다시 추스르고 어긋나는 길을
간추린다

그림자는 자주 떨어진다
내가 거기서 떨어지는 것일 수도 있겠다만
그런 것이다 삶이란
나의 것인 줄 알았던 것들의 옷섶을 다듬으며
겨우 한 걸음 옮기는 것

지하철 개찰구에 팔뚝이 걸려 펄럭이는 그림자
에스컬레이터가 하강하면서
너의 다리와 허리가 잘려나가고 마침내 머리까지 잠적
한다
네가 사라진 플랫폼은 얼마간 수런대는 소음

나의 블랙홀 머물렀던 자리는 패여 있다
나는 혼자였다가 둘이었다
나는 둘이었다가 혼자였다

3부

뒤뚱거리는 나의 늙은 피터팬

보아뱀을 생각해야 할 때

생텍쥐페리 어깨에는 어떤 사막이 있지, 있을 것 같지
모래폭풍이 돌아다니는 땅, 아니 땅도 아닌 땅이 있을 것
만 같지

평생 단 한 알의 사과를 여는 사과나무가 있지, 아니 있을
것만 같지
그 아래로 노을이 지는 깊고 거대한 사과나무가 있다면
나는 거기서 입맞춤을 하겠지

장미 가시로 기워낸 글자로 한 땀 한 땀 옷을 짜고 싶어
그곳에 깃드는 저녁의 체온을 입히고 싶어

페르시아 처녀의 눈을 닮은 사하라 동쪽 하늘
태양의 머릿결 사이로 비 맞으며 식어가는 입맞춤

가진 것이 슬픔뿐이거나 어찌할 수 없는 기쁨뿐이거나
밤이 지나고 돌아온 아침이란
된바람에 쉴 새 없이 흔들리는 빨래와 같은 것
우리는 이제
알고 싶은 것들을 통째로 삼킨 보아뱀을 생각해야 할 때

피터팬

그림자가 떨어져나간 사내 하나 기우뚱거리네

담벼락에 페인트로 그려진 날개
겨우 등을 대어보지만 날개는 벽에 붙어 떨어지지 않네
사내는 날개 아래 퍼덕거릴 뿐

어디서 그림자 한 벌씩 주워 꿰매 입은 소녀들
수다 떨며 피터팬 앞을 지나갈 뿐

자라지 않는 소년은 이제 없네
내가 안을 수 있는, 자라지 않는 사람은 없네
피터팬, 이 세상에서는 살 수 없는
이 세상에서는 날 수 없는 소년

나는 늙어버린 웬디
날개를 잃은 늙고 취한 피터팬 앞에서 노래한다네

강가에는 깃을 치며 흘러가는 아름다운 그림자들
뒤뚱거리고 줄지어 쓰러지는 청둥오리들
피터팬, 이 세상에서는 살 수 없는

이 세상에서는 날 수 없는 소년

내 안의 깊은 수풀 흔들릴 때
웬디는 얼굴을 내밀고 노래한다네

저문 날의 잎을 싸늘하게 피워 올리는 길
길은 돌아설수록 더욱 멀고
피터팬, 화살을 맞은 소년
이 세상에서는 그림자도 없는 소년

한때 그는, 우리는
자라지 않는, 자라나서 쓰러지지 않는 아이였네

우리는 한때 원시 숲속이었네
바람이 이는 뒤안길이었네
뒤뚱거리는 나의 늙은 피터팬

당신의 내전

　당신은 내전 중이다 수십 년째라고 말하지만 수백 년째
인지 알 길이 없다 그게 다 어제일 같아서 더는 알 길이 없
다 당신은 총탄이 장전되지 않은 장총을 들고 더는 적군도
아군도 남지 않은 전장에 홀로 뛰어들어서 고군분투한다
태양이 떠오르거나 떠오르지 않거나 아버지는 그림자가 당
신의 기울어진 몸을 흙탕물 구덩이로 끌고 들어가는 것을
오랫동안 보아왔다 장총 방아쇠를 당기며 당신은 당신 속
으로 뛰어 들어간다 앞이 자욱하다 앞의 위치가 불분명하
다 물론 방 안의 스위치는 내려져 있다 당신은 눈발이 쏟아
지는 둔덕에 허리를 굽히며 난사하는 시늉을 한다 물론 이
것은 내전이므로 총을 맞은 사람은 당연히 당신이다 허벅
지에 관통상을 입은 병사가 앞길을 찾는다 앞길은 물론 깜
깜하다 총구에서 구름이 발사되고 어지러운 눈발 사이로
쓰러지는 것이 겨울인지 청춘인지 혹은 앞길인지 알 길 없
다 내전이 끝났다는, 적군이고 아군이고 모조리 철수했다
는 풍문도 돌았지만 앞길을 누군가가 가로막았으므로 당신
은 당신을 만나 평화협정을 할 길이 없었다

바람의 숲

굵은 빗줄기가 세찬 바람을 타고
가지를 흔들 때 편백나무는 단꿈에 젖었다

검붉은 그늘에 묻혀 있던 부리를 들고
편백들이 줄지어 날아오르려 하고 있었다

그것을 본 창문이 크게 출렁거렸다
달맞이꽃들이 두어 번 팔을 흔들었을까

퍼붓는 우레 소리에
삼단으로 펼치는 허공

비바람들이 나무의 모든 창을 열자
나무는 편백이라는 이름의 빗장을 풀었다

저 하늘가로 당신이 지나갈 때
다시 울리는 우레 소리

모든 매듭이 끊어지는 소리가 들렸다

그늘의 손금

노인이 벤치에 앉아 있다
흰머리를 나무 그늘이 쓰다듬는다

그늘의 손길이 닿은 곳은
시름시름 앓다 차가워지고
어떤 색도 낯빛이 같아진다
나무는 그늘진 손바닥을 가졌기 때문이다

노인은 그늘이 궁금하다
어떻게 이런 손을 가지게 되었나
무릎에 얹힌 그늘의 손금을 들여다본다

새 한 마리 떠날 때마다
잎이 진다
그는 쉽게 구겨지는 운명선을 가졌다

나무의 손금에는 뚝뚝 떨어지는 햇빛과
바람이 끌고 가는 것들이 있다
지나간 것들은 모두 여기 있다

노인이 떨어진 손바닥 하나
오래 들여다보고 있다
자정의 손금 사이에 그늘이 지나간다

반지

귀빠진 신비로운 밤 낯선 별 하나 약지를 붙들고 있다 운명한 어머니 당신이 끼워주고 간 것일까 금빛 별이 무명지를 다독이네 검지 지나 장지로 건너갔다가 다시 약지로 돌아오는 초록색 길목의 막다른 연두 아닌 노란 색 별 내 시선 자주 닿는 허전한 손가락 사이에서 동사 하나가 지나간다 참기름 넉넉히 넣고 김치를 달달 볶다가 밥을 넣는다 김치볶음밥에서 나비가 날아간다 심장 깊숙이 들어와 박혀 있던 노란 나비가 갈비뼈 사이를 날고 있다

해가 뜨고 저무는 동안에도 멈추지 않는 살 속의 살 비 오시는 날 빗발 쏟아지는 대로 아랑곳없이 빛나는 약지 금빛 섬광이 빗방울로 떨어지네 그대 큰 손바닥에서 내 작은 손등으로 옮겨 지워지는 손금을 이어주네 내 손이 그대의 손 안에서 가쁜 숨을 몰아쉴 때 어머니 당신이 턱까지 차오르는 물길을 헤치고 하늘 끝 눈부신 집을 짓는다

에드바르트 뭉크의 들판

검은 염소 한 마리 개울가에서 풀을 뜯는다
허리가 잔뜩 굽은 새하얀 찔레꽃에 잠시 입 맞추고 흘러
가는 개울
물속에 든 연푸른 하늘의 그늘 속으로 새떼가 날아가고
은은히 갈가마귀 우짖는 소리에 물이랑이 생기는가
해바라기 머리가 천천히 돌아가는 들판에 서서
내가 느린 걸음으로 노을로 걸어가는 꿈길
시린 절규를 뿌리며 그대가 쓰러진 오솔길을 걷는 꿈
아득히 새떼 날아간 자리에 세차게 흔들리는 키 큰 나무들
나는 머리를 가로저으며 달린다 꿈길에 후두둑, 후두둑
떨어지는 빗소리, 오래도록 내달려 빠져나가지만
꿈길은 다시 원을 그리고 휘어지고 막혀 있어
커다란 포물선으로 부풀어오르는 어둠뿐
기울어진 하늘 저편에 내려앉는 하현달
푸른 허공에 붙어 있는 눈부신 잎사귀 하나

예순

아침 빛에 벌판은 부드럽게 실눈을 뜨고
바람을 일으켜 새들을 나무에 올린다
싹을 틔운 새들이 날아가면
벌판은 느린 하품으로 그것들 모두 삼켰다가 다시 토해낸다
나무들이 긴 혀를 천천히 뽑아 제 발 아래 내려놓는 아침
벌판 공중에 처박혀 있던 구름의 선체가 가만히
천정天頂 속으로 가라앉고 있다
침몰하는 하늘이 잠시 파였다가 덮인다
태양 빛은 내 그림자를 벌판에 내걸었다가
나뭇가지에 걸친다
마른 나뭇잎 그 지푸라기를 잡으며 허우적거리는
늦은 시월, 나는 가을 공중으로 들린다

플랫폼

둥그런 차창 하나 입에 넣는다
강둑에 도열한 수은등도 삼킨다
에어컨 바람은 콧날을 내리누르고
전동차는 저 혼자 어둠을 헤쳐간다
자정의 들판은 점차 내려앉고
그대 체온은 내 열기를 돋운다
지상의 전신주들은 조그만 등불을
매달고 졸고 있다
허벅지를 드러낸 여자들이
나비 우산을 접으며 불륜을 이야기한다
허접하게 심은 임플란트가 입술 밖으로
무너지는 동안
손 하나가 내 둔부를 만진다
저만치 흰 맥고모자를 쓴 제비 한 마리가
내 앞으로 걸어와서
어깨에 뜨거운 입김을 불어댄다
환승역에서 헤어지는 사람들끼리
헛웃음을 치며 돌아선다

콤포지션 2

검은 마스크가 오늘의 기상도를 측정한다
흔들리는 시계를 보는 시선이 한랭전선을 지시한다

여자는 아득하게 멀어지고
비상용 통장의 표지는 파란 빛으로 배어 있다

오른쪽으로 기우는 발뒤꿈치로 균형을 잡으면
여자의 손톱에서 햇살이 세로로 매달린다

미로를 헤매는 어둠이 거친 땅을 스쳐가고
여자는 끝이 시작되는 지평에 서 있다

달력의 숫자들이 갑자기 달려나와
어지럽게 굿판을 벌인다
도깨비들은 시간의 방망이를 들고
미친 사내처럼 팔을 휘두른다

여섯 시를 알리는 우주가 직각으로 일어선다

문을 밀고 나서는 여자의 이마에 상현달이 부서진다

머리와 가슴 사이에서 심연을 두드리는 여백이
길을 잡아당기며 빠른 속도로 전진한다

칸딘스키는 송신 중이다

함정

내가 있어 너는 없다
내가 있는 한 너는 없다

나는 네가 걷는 길마다 도사리고 있다
내 검은 입안에서 너는 사라진다

내 심장을 끄집어낸 자리는
깊고 깊어서 아무리 발버둥쳐도
너는 나를 한 걸음도
빠져나갈 수 없다

나는 나를 파놓고 너를 기다린다
내가 있는 한 너는 없다

나는 뼛속 깊이 정직하다
나는 내 삶에 수은등 하나 밝혀놓지 않을 테니

곧 너는 추락하리라
나를 밟았다가 내 속으로
자지러지며

내가 준비한 선물상자 속에 떨어지리니
오라, 사랑이여 무거운 사랑이여

노크 소리는 방에 들어와 죽는다

백지의 모서리를 접는다
창백한 당신의 얼굴도 접는다
접힌 곳은 따스해진다

아무리 접어도 생의 가장자리는
둥글어지지 않는다

흰 상자를 접는다
상자를 뒤집어 모서리를 누른다
사각의 꼭짓점마다 짐승이 울고 있다

집으로 돌아가는 여러 갈래의 길이 둥둥 떠 있고
어디에도 발자국은 없다
상자 가장자리의 줄을 당겨 나비가 날아가는 길을 틔운다

때론 길이 어긋나는 곳
긴 장대를 세워 그림자를 기다린다
그림자에 장대를 꽂아 백지의 모서리를 접어올린다

백지에 옷을 입히고 당신을 기다린다

내 눈에서 멀어지는 꽃가지 하나

멀어지는,
또렷이 어른거리는 노크 소리
꽃잎 하나

토르소

사고가 났습니다
그리움을 옆자리에 태우고 가다가

나의 파일럿

처음 흰 종이비행기에 천착했다

일곱 빛깔의 색종이로
비행기를 접는 희열에 젖었다

내 비상의 의지는
겨우 2미터의 상공을 선회하다가 추락했다

어느 가을날 타일랜드의 파타야 해변에서
행글라이더에 실린
짙푸른 바다를 내려다봤다

그 기억 속에서
공중으로 날아오르는 내 환상이
원심력을 이루었다

그때부터 구름 속의 섬광을 가꾸듯
내 비행의 꼭짓점을 그리워했다

나는 승부사의 눈빛으로

노호하는 세상의 끝을 응시했다

천상은 멀고 땅은 드높았다

파킨슨병

꽃의 이름으로 쏟아놓은 푸념이다
독소가 된 메시지가 전신이다

안개로 번져가는 안개꽃
물줄기가 어깨에서 허리로 피어오른다

자음과 모음이 분리되지 못한
도도한 강물이다

흐릿한 꽃잎이 꺼질 줄 모르는 불꽃이다

가지 않는 길에서 머뭇거리던 발길
다시 옮겨놓는다

파열되지 않는 허공으로 숨어 있는

저기 쓸어 담지 못하는 독소가 하늘을 덮고
기억의 모서리를 부여잡고 있다

숨 쉬어야 할 이유를 확인하는 순간
생각과 생각이 모여 얼굴 하나 어루만진다

지하와 철의 방

정차 후 다시 흔들리기 시작하는 전동차, 역은 캄캄하다
언제 돌아갈지 알 수 없는
기우뚱거리는 꿈, 덜거덕거리는 꿈

모두 목각인형이다 스마트폰에 붙박인 채 하염없이 흔들
리는 목들, 생명 없는 것들의 특징이다 제 의지대로 작동하
지 않는, 이승도 저승도 아닌 이 세계의 승객들, 지하와 철
의 방에 앉아 느긋하게 악몽의 안쪽을 채우고 있다 이것이
이곳이 누구의 꿈속일 거라고 수군거리는 이들도 있지만
우리를 물고 지하로 들어온 것은 결국, 길이다

지하에도 꽃은 피고 구름이 떠 있다 지하에도 세월이 흐
른다 지하 공동생활자들은 늙고 병들기 전에 먼저 어두워
진다 그 어두운 날들을 다 지나가야 비로소 죽어갈 수 있다
사라질 수 있다 지하의 방, 철의 방은 맹렬하게 달려간다 우
리를 태웠지만 아무것도 태우지 않고 달린다 함께 있지만
떨어져 있는 우리를 태워버리는 것은 결국, 검은 길이다

아름다운 것들은 흐려지고 흐린 것들은 허리가 꺾인다
지하와 철의 방이 합작한
이 놀라운 악몽

빙하기
— 상황 1

증오한다는 말에는 얼음장 같은 것이 깔려 있다 그 얼음 바닥에 갇혀 있는 얼굴을 나는 돌려받을 수 없다는 것을 알았다 증오의 말에는 얼어붙은 새들이, 아무리 밀어내도 움직이지 않는 날개와 희고 날카로운 낮달이 박혀 있다 증오는 뜨겁지 않다 송곳니를 드러낸 말이 아니다 뜯겨나간 구름의 살점이 붉게 물든 저녁이 아니다, 도살의 언어라고 여기겠지만 증오는 격분하지 않는다 증오에는 개새끼가 없다 다만 새 길뿐이다 목덜미를 물어뜯는 것이 아니라 오랫동안 천천히 조이는 것이다 내 주변에 꽃 한 송이 피지 않게 하는 것이다 당신은 버림받으며 세상에 허술한 증오는 없다고 했다 가장 아름답고 시린 덫을 놓을 거라고 했다 꽃으로 만든 수천 개의 함정을 파고 나를 기다릴 것이라고 했다

자정과 박쥐와 환영
—상황 2

　자정에는 너무 많은 자정들이 들어 있어 만발한 자정들이 머리카락을 늘어뜨린 자정들이 자동문을 열고 몰려들지 목 관절이 꺾인, 발목이 돌아간, 어깨가 뒤틀린, 혼이 나간 자정들이 마구마구 쏟아져 들어오고 있어 환영幻影에 사로잡혀 안간힘을 쓰지만 나는 이 시詩에서 일어날 수가 없네 종점이 없는 버스들이 운전자도 없이 굴러다니는 유령 버스들이 지나가네 정차하네 길이 어긋나는 곡각지마다 모로 휘어진 하늘마다 모스부호처럼 타전된 별들 꿈꾸는 모든 것들을 요란하게 먹어치우는 자정이 왔네 자정은 자정을 낳고 자정은 경로도 궤적도 없이 캄캄하네 무서운 군대가 들이닥쳤네 자정은 나를 겨누네 위협하네 몰아붙이네 나는 자정에 포위되어 아무것도 잡을 수 없네 아무 곳도 갈 수 없네 두 다리가 12시에 들러붙은 올라붙은 시간이 박쥐처럼 매달려 나를 내려다보네 나는 피가 빨린 뒤 동굴로 떨어지네 자정의 발가락이 내 그림자를 잡아채고 날아가네

이상한 역에서 타거나 내린

해운대역에서 무궁화호를 탔다
무궁화호에서 해운대역을 타는 것은 말이 안 되니까

해운대역에서 무궁화가 피거나 말거나
해운대역에서 무궁화가 지거나 말거나

해운대역에서 내가 무궁화가 되거나 말거나
해운대역에서 무궁화호가 나를 탑승하거나 말거나

꽃들이 내 눈에 꽃씨를 뿌리든
겨울이 내 눈에 눈발을 뿌리든

동해선 열차는 해운대역을 출발하고
창 밖에 높고 낮은 동해가 있고

가만히 생각해보니
간이역에서 나는 내린 것도 같고

곰곰 더 생각해보니
나는 해운대역에서 무궁화를 타지 않은 것도 같고

말이 되는 방향으로 다시 말해서
어쨌거나 나는 해운대역에서 무궁화호를 탔다

산과 도시를 지나간다
간이역에 가끔 피는 무궁화열차

마법에 걸린 눈사람을 위하여

전깃줄에 떼 지어 앉아 있어요
한 마리가 스프링처럼 팅겨나가자 타탁, 타타탁
순간 전선 위에서 차례차례
다이너마이트처럼 터져오르는 참새 떼
도시의 힘줄이 창창 뻗어 있는 창가에 서서
나는 저 작은 것들의 아름다운 집결과 폭발에 대해
생각해요 아이는 침대 모서리에 눈사람처럼 앉아 있기만
해요
전선에는 전선이 아닌 것들이 다시 모여들고 있어요
말 속에 말 아닌 것들이 섞여 있듯이
침묵 속에 침묵 아닌 것들이 숨어 있듯이
아이에게도 눈사람이 섞여 있는 것 같아요
돌아보면 그랬죠 청춘이란 대부분
걱정들이 모여 사는 태산 같은 곳이었죠
근질거렸지만 나는 아무 말도 하지 않았어요
눈사람 곁에 앉아 함께 전깃줄만 바라보았죠
작은 것들이 하늘의 문턱에 줄지어 앉아 있었죠
곧 밤이에요 달이 또 지구의 문턱을 넘겠죠
높든 낮든 문턱을 드나드는 게 삶이겠죠
오늘 내가 아이의 문턱을 넘지 못하고 기다려요

오동나무 그림자가 골목을 지나오고 있어요

넘어졌다가 일어나면서 천천히 문턱을 넘고 있어요

산다는 것은

벼랑은 자주 수평선을 들어올리지
파도 한 자락 꿰고 엮어 일제히 들어올리지

해명하지 못하는 바람소리에 취해
이랑마다 달이 뜨고
그 속으로 구름 한 뼘씩 스며들지

나의 해안은 썰물로 밀물로 흔들리다
가만히 물보라 일으키며 떠오르는 것이지

망망한 하늘을 잘라내는 포구에
산비탈은 그림처럼 앉아 있다가
물가에 돛단배처럼 돛을 펴는 흰 기억들

나무들은 늙은 가지에
날마다 죽은 잎사귀들을 틔우고
뿌리들은 땅속에 오래된 빗장을 걸었지

나의 벼랑은 지상의 모든 환호가 몸을 던지는 곳
모든 갈림길들이 모여

오랫동안 엉켜 있던 넝쿨을 풀어내는 곳

배가 떠나는 동안
고동 소리가 한 자락씩 투신하는 곳
깨어진 물살을 살포시 내려놓고
우리가 모두 돌아서는 곳

거울 속 허수아비

기쁜 것들을 거울에 비춰보면 머리카락이 죄 빠져 있지
거울 속에 진열한 태양은 곧 깨어질 테고
나는 나에게서 뒤돌아서겠지
이것이 비운悲運
나는 기쁜 것들을 지키기로 마음먹었지
날마다 내 수확물을 쪼아 먹어치우는 까마귀들
나는 거울 속에 허수아비를 세워두기로 했지
듬성한 머리털을 모자로 덮어두었지
그 뒤로 허수아비는 자주 나를 안겠다는 듯
아니 나를 막아서겠다는 듯이 양팔을 벌리고 서 있었지
나는 까마귀도 아닌데 허수아비를 보면
자꾸 까맣게 흩어지는 기분이었지 내가 괜한 짓을 한지
도 몰라
거울 속 허수아비는 아침마다 모자를 벗어들고 공손하게
인사하지
그러면 나도 모자를 벗어 화답하지
우리는 한결같은 거리에 마주 서서 바라보지
이젠 몰라 누가 허수아비인지 헷갈리지
나에게서 절대로 물러나지 않는 허상이 있지
그것에 머리카락이 자라고 있었지
가끔 방바닥에 새들이 떨어져 깨어지곤 했지

플라톤 아파트

애초에
길은 오르막으로 나 있었네

산자락이 둘러선 아파트촌
20층 유리창에
낮달 하나 박혀 있었네

마른 잎처럼
뚝, 떨어지네 17층으로
9층으로 1층으로

연못 수면에 박힌
흰 심장이
뛰고 있네 뛰어내린 뒤에도
숨이 붙어 있네

당신의 서늘한 이마가
둥둥 떠다녔네
길은 애초에 끊어져 있었네
당신은 외출 중이었네

굴뚝새

새가 있다
굴뚝의 외벽을 쪼면 허공은 바깥부터 허물어진다

소리도 없이 이른 아침이
부스러진 빵가루처럼 땅바닥에 떨어진다

누구도 새의 가슴속을 측량할 수 없다
그 허전한 깊이를 아는 이가 없다

굴뚝을 쪼아 구멍을 내고 또 구멍을 낸다
그러다가 굴뚝이 다 허물어지면
근방의 새파란 하늘도 쿵 꺼져내린다

새는 하늘에 적재된 푸른 내장이 쏟아진
그 속에서 다시 솟아오른다
그렇다고 굴뚝새가 잘못한 것은 없다

이따금씩 산정 부근이 깎여
하얗게 바래지는 것도 새의 탓이 아니다
새는 나무에, 굴뚝에, 노을에

하염없이 구멍을 낼 뿐이다

산의 어깨에 앉은 구름이
부질없이 새소리를 앓다가 흩어지는 저녁 무렵
햇볕에 지친 새가
개옻나무 가지에 묻은 노을을 쪼고 있다

밤은 그렇게 온다

들린 자의 불우不遇 또는 불후不朽의 노래

우대식/ 시인

　임혜라의 시는 불우한 꿈의 형식을 담고 있는 탓에 이 시집에서 현실을 재현하고자 하는 욕망은 거의 찾아볼 수 없다. 그것은 세계가 명쾌하게 설명되어지지 않는다는 시적 인식에서 출발한다. 나와 나의 관계, 나와 당신의 관계는 자명한 합리적 이해 너머에 있기 때문에 그리움의 대상이 아니라 탐구의 대상으로 실재할 뿐이다. 자기 부정과 자기 초월의 반복이라는 실존주의적 명제를 떠올리게 하는 일부 시편들은 독자를 의식의 불안으로 이끌고 가기도 한다. 그러니 임혜라의 시는 전통 서정시와는 다른 길을 가고 있는 셈이다. 그가 자신의 시에서 호명한 칸딘스키의 작품처럼 추상의 세계가 꿈의 형식으로 드러난 것이 이 시집이라 할 수 있다.

　이 시집에서 꿈은 의식의 억압과 그 억압에 웅전하는 시적 화자의 처절한 모습을 가감 없이 보여준다.

어두운 밤 요란하게 전화벨이 울렸다

날카로운 전화벨 소리가 송곳니를 드러내고

하이에나처럼 나를 물어뜯고 있었다

나는 그때 가파른 꿈의 계단을 굴러떨어지고 있었다

송곳니가 목덜미에 박히고

귓바퀴를 물어뜯었지만 일어날 수 없었다 나는

계단을 한참 구르고 있었으므로

잠시 고개 들어 계단 위를 보았을 때

광장의 거대한 나무들이 잘려나가고 있었다

나는 어디로든 바닥까지 떨어지고 싶었으나

계단들이 나를 물고 놓아주지 않았다

계단들은 아그작아그작 입을 움직이고 나는

끝없이 사라지고 있었다

전화벨이 요란하게 울렸다 새벽 한 시

킬리만자로로 가는 열차에서 나는

전화를 받을 수 없었다 나는

나를 깨워줄 수 없는 꿈의 철길에서

한 백 년쯤 시달리고 있었다

—「새벽 한 시의 계단」 전문

이 시는 현실이나 혹은 구체적 경험이라기보다는 의식의 치열한 내면을 보여준다. "날카로운 전화벨 소리가 송곳니를 드러내고/ 하이에나처럼 나를 물어뜯고 있었다"는 시적 진술은 시적 화자의 실존적 위기를 형상화하고 있다. 전화벨 소리는 시적 화자로 하여금 공포를 불러오고 "나"로 형상화된 시적 화자는 "가파른 꿈이 계단을 굴러떨어"진다. 강박된 무의식에 내재되었던 두려움이 꿈을 통해 전달될 때 꿈속의 나는 현실의 나와 다른 존재인 탓에 자발적인 행위가 불가능하다. 그저 꿈속의 나를 따라 쫓아갈 뿐이다. 물어뜯기며 계단을 구르는 시적 화자에게 의미심장한 광경이 목격된다.

"광장의 거대한 나무들이 잘려나가고 있었다"는 진술이 그것인데 광장은 열린 공간이며 시적 화자의 입장에서 보면 자신이 기대어 살아온 공간이며 현실의 공간이기도 하다. 그 장소의 나무들이 잘려나간다는 것은 세계가 소멸되었다는 것을 의미하며 더 이상 기댈 구체적 공간이 사라졌다는 것을 뜻하는 것이기도 하다. "계단들은 아그작아그작 입을 움직이고 나는/ 끝없이 사라지고 있었다"는 고백은 더 이상 광장으로 돌아갈 수 없다는 것을 의미한다. 계단이라는 비유기물이 나를 먹어치운다는 동물적 상상력으로의 전환은 꿈속에서나 가능한 일이며 무의식에 잠재한 불안이 구체적 사물을 통해 드러났다고 볼 수 있다. 더구나 그 사물이 계단이라는 것은 추락의 이미지를 동반함으로써 위기감을 고조시키고 있다.

소통의 도구로 전화벨은 여전히 울리지만 시적 화자는 전화를 받을 수 없다. "킬리만자로로 가는 열차"는 치열한 의식의 객관적 상관물이라 할 수 있다. 설산으로 가는 열차는 세계의 끝을 상징하게 된다. "나를 깨워줄 수 없는 꿈의

철길에서/ 한 백 년쯤 시달리고 있다"는 시적 진술은 영원
히라는 말과 상통한다. 적어도 이 생을 사는 동안 꿈의 철
길에서 시달릴 수밖에 없다는 고백은 자신의 시적 사유가
꿈에서 비롯된다는 것을 뜻한다. 그러한 인식을 아래 시에
서도 만날 수 있다.

> 당신의 눈동자 속에서 탄생한 어떤 별들이 부서져 내
> 가슴에 굴러떨어진다 떨어진 별들이 일제히 흘러들어 은
> 하수가 되고 봄이 되고 새가 된다 녹아내리는 영혼, 너는
> 열매를 하나씩 물고 내 귓불 아래 놓는다 어른거리는 날
> 갯짓들 내 얼굴에서 움트는 환희의 긴 아지랑이들, 당신
> 은 생의 긴 이랑이 넘실거리는 강가에 서서 나에게 손짓
> 을 한다 나는 당신의 연약한 영혼을 어루만지며 꿈을 꾸
> 는 것인데 이 덫은 어쩌면 꿈이어서 가능한 덫, 피어나서
> 꿈틀꿈틀 입을 움직이는 덫, 결코 부서져 녹아내리지 않
> 는 덫, 한쪽 발을 빼면 다시 한쪽 팔다리가 엉켜드는 덫,
> 되돌릴 수 없는 덫, 당신의 눈동자, 내 영혼의 오래된 덫
> ─「오래된 고백」 전문

당신의 눈동자에서 탄생한 별들이 내 가슴으로 굴러와
은하수가 되고 봄이 새가 된다는 아름답고 환상적인 발화
의 기원 역시도 꿈에서 비롯된다. "당신의 연약한 영혼을
어루만지며" 꾸는 나의 꿈이 덫이라는 진술은 질서와 혼돈
이 한데 어우러진 카오스의 형식을 보여준다.

"꿈이어서 가능한 덫"은 "한쪽 발을 빼면 다시 한쪽 팔다리가 엉켜드는 덫"이며 "되돌릴 수 없는 덫"이다. 그 덫의 실체가 "당신의 눈동자"라는 고백적 진술에서 꿈과 당신은 탐구의 대상일 수밖에 없음을 보여준다. 꿈을 통한 고투는 의식 저편의 초월적 세계의 진실에 대한 욕망을 동반하고 있다. 이때 꿈은 무언가 구체적 현실의 반영으로서의 의미라기보다는 파악될 수 없는 덩어리로서의 세계이며 그것을 사유하기 시작할 때 시적 화자의 불안은 시작되는 것이다. 들뢰즈는 사유란 우연한 마주침에서 비롯되며 감각밖에 될 수 없는 상태에서 비롯된다고 말하고 있다. 즉 어떠한 인식 능력으로도 파악될 수 없는 상태에서 진정한 사유는 시작된다는 것이다.

　어쩌면 임혜라의 시에 나타난 꿈은 감각밖에 될 수 없는 상태를 보여준다고 할 수 있다. 그의 다른 시에 "해독할 수 없는 눈보라가 흩날립니다"(「검은 레깅스」 부분)라거나 "해독할 수 없는 먼 꿈의 속살"(「어쩌면 다 안개여서」 부분)에서 볼 수 있듯이 해독되지 않는 상황에서 그의 시가 비롯되고 있음을 볼 수 있다. 무엇인지 잘 모르는 사태가 벌어졌고 그것을 사유함으로써 세계의 진실에 다가서겠다는 의지로 읽힌다. 즉 세계를 표상하는 감각이라는 동일성의 세계와는 다른 시적 진실을 찾고자 몸부림친다.

　　백지의 모서리를 접는다
　　창백한 당신의 얼굴도 접는다
　　접힌 곳은 따스해진다

아무리 접어도 생의 가장자리는
둥글어지지 않는다

흰 상자를 접는다
상자를 뒤집어 모서리를 누른다
사각의 꼭짓점마다 짐승이 울고 있다

집으로 돌아가는 여러 갈래의 길이 둥둥 떠 있고
어디에도 발자국은 없다
상자 가장자리의 줄을 당겨 나비가 날아가는 길을 틔운다

때론 길이 어긋나는 곳
긴 장대를 세워 그림자를 기다린다
그림자에 장대를 꽂아 백지의 모서리를 접어올린다

백지에 옷을 입히고 당신을 기다린다
내 눈에서 멀어지는 꽃가지 하나

멀어지는,
또렷이 어른거리는 노크 소리
꽃잎 하나

　　　　　　　　－「노크 소리는 방에 들어와 죽는다」전문

이 시에서 무언가 접는 행위는 반복적이다. 모서리를 접

고 창백한 당신의 얼굴을 접고 흰 상자를 접는다. 접혀진다는 것은 흔적이고 들뢰즈 식으로 말하면 주름지는 것이다. 잠재적 상태에서 개체화라는 현행화는 이 주름진 것들과의 관계 속에서 어떤 강도에 따라 이루어지게 된다. 접힌다는 것은 사라지지 않는 하나의 기록이며 잠재성에 기입되는 것이다.

"상자를 뒤집어 모서리를 누른다"는 행위를 접혔던 잠재성의 현행화와 관련지어 생각한다면 그것은 접혔던 것들이 가시화되는 상태를 의미한다. "사각의 꼭짓점마다 짐승이 울고 있다"는 엉뚱한 듯 보이는 이 발화야말로 시적 화자가 접은 실체가 무엇인가를 유추할 수 있게 해준다. 접혔던 것들이 가시화될 때 나타나는 결과물로서의 짐승 울음이라는 절규는 시적 화자의 내면적 절규를 상징한다. 앞선 시에서 당신이 꿈과 덫의 기원이듯 이 시에서 당신은 울음의 기원이 된다. 그러나 이러한 양상은 끝이 있는 것도 아니다.

"꿈길은 다시 원을 그리고 휘어지고 막혀"(「에드바르크 뭉크의 들판」 부분) 있기 때문에 "한 백 년쯤 시달리고 있었다"(「새벽 한 시의 계단」 부분)는 진술처럼 영원히 지속되는 형국을 띠고 있다. 이러한 의미에서 "집으로 돌아가는 여러 갈래의 길이 둥둥 떠" 있다는 고백은 당연한 것이기도 하다. 집으로 가는 길은 아무도 가지 않은 길 위에 있을 뿐이다. "상자 가장자리의 줄을 당겨 나비가 날아가는 길을 틔운다" 것은 접혀진 상자의 모서리가 어떤 강도로 펼쳐질 때 나타나는 현행화로 진실에 가까운 실체이다. "때론 길이 어긋나는 곳/ 긴 장대를 세워 그림자를 기다린다"라는 진술은 우리의 삶이 신의 운명에 예속된 것이 아님을 보여준다. 우연한 사건의 마주침은 정해진 길에서 마주침이 아닌 까닭이다.

마지막 구절은 시 혹은 진실이 우리에게 다가오는 형식을 보여준다. 멀어졌을 또 다시 "또렷이 어른거리는 노크 소리/ 꽃잎 하나"의 형식으로 우리의 의식을 흔드는 것이다. "노크 소리는 방에 들어와 죽는다"는 은유적 서술은 시적 진실이 생성되고 소멸하는 방식을 역설적으로 말해주고 있다.

말과 말 사이에서 꽃들이 흔들린다
시치미를 뗄 때마다 알고 싶은 것들이 생겨난다
무표정한 이마를 들썩이며 절반이 잘린 꽃

꽃과 말 사이
갓 태어난 옹알이가 축축하다
애꿎은 목숨을 말리는 한낮
꽃을 기어올라 떨어진 꽃잎을 읽고 있다

꽃말을 묻어둔
마른 꽃잎이 주머니에 수북이 쌓인다
옹알이를 잘게 다지면 꽃의 뼈를 찾을 수 있을까

온몸으로 소리를 움켜쥐고
흙을 퍼먹는다

갈라파고스의 에게해를 젓는

포세이돈의 팔, 꽃은 거기서 왔다

꽃들이 얼룩말처럼 달려온다

나는 통통하게 살찐 꽃들을 보러간다

—「꽃들이 얼룩말처럼」전문

　구조된 세계를 부정하고 꿈의 세계를 탐닉하는 시적 화자에게 언어는 거짓된 가상의 세계를 권력화하는 수단으로 비추어진다. "말과 말 사이에서 꽃들이 흔들린다"는 것은 기표와 기의 관계 너머의 사물의 진실에 시적 화자가 귀를 기울이고 있다는 증거이다. 기표되지 않는 혹은 기의 되지 않는 기호 사이의 진실이 꽃들이며 그 꽃들은 흔들린다. 흔들린다는 것은 기호의 세계가 완전하지 않다는 것을 의미한다. 기표와 기의의 세계로 일반화되지 못한 사물들의 속성이 꽃으로 형상화되고 있으며 그것들은 존재하지 않는 것이 아니라 끊임없이 흔들리고 있다는 인식은 의미화된 가시적 세계 너머에 시적 화자의 욕망이 그 끈을 대고 있음을 의미하는 것이다.

　말하지 않을 때 알고 싶은 것들이 생겨난다는 것은 구조된 언어의 세계에 대한 반발이라 할 수 있다. "꽃과 말 사이/갓 태어난 옹알이가 축축하다"는 시적 진술은 세계의 진실과 언어와의 관계를 여실히 보여준다. 사물이 언어로 기표화되는 과정에서 사물의 속성은 대표적인 것을 제외하고는 모두 사라지게 된다. 즉 사물을 기표화하는 순간 사물의 속성은 사라진다고 하는 의미에서 대표적 기표를 제외한 말들은 "옹알이"로 전락하는 것이다. "꽃을 기어올라 떨어진 꽃잎을 읽고 있"는 주체는 꽃으로 사물 자신이 스스로를 읽을 수밖에 없다는 언어에 대한 절망감을 보여주는 것이다. 이것은 현실적인 언어 구조에 대한 불신을 극으로 드러내고 있는 것이다. "옹알이를 잘게 다지면 꽃의 뼈를 찾을 수 있을까"라는 의문은 현실적으로 구조된 언어의 세계로는 "꽃의 뼈" 즉 본질에 도달할 수 없다는 것을 뜻한다.

언어에 대한 극단적 불신은 "포세이돈의 팔, 꽃은 거기서 왔다"고 선언하기에 이른다. 물의 신으로부터 꽃이 왔다는 것은 구체적인 의미와는 상관없는 상상력의 소산이다. 기호의 인과적 껍질을 벗겨내는 역할을 할 뿐이다. 마지막 연도 같은 역할을 한다. 얼룩말처럼 달려오는 꽃이라는 형상화는 꽃이라는 일반적 기호 체계를 거부하며 전혀 생각하지 못한 꽃의 이미지를 생성하게 된다. 꽃이라는 세계의 본질을 찾아가는 길이 임혜라에게는 시적 탐구라고 하겠다.

새가 있다
굴뚝의 외벽을 쪼면 허공은 바깥부터 허물어진다

소리도 없이 이른 아침이
부스러진 빵가루처럼 땅바닥에 떨어진다

누구도 새의 가슴속을 측량할 수 없다

그 허전한 깊이를 아는 이가 없다

굴뚝을 쪼아 구멍을 내고 또 구멍을 낸다
그러다가 굴뚝이 다 허물어지면
근방의 새파란 하늘도 쿵 꺼져내린다

새는 하늘에 적재된 푸른 내장이 쏟아진
그 속에서 다시 솟아오른다
그렇다고 굴뚝새가 잘못한 것은 없다

이따금씩 산정 부근이 깎여
하얗게 바래지는 것도 새의 탓이 아니다
새는 나무에, 굴뚝에, 노을에
하염없이 구멍을 낼 뿐이다

산의 어깨에 앉은 구름이
부질없이 새소리를 앓다가 흩어지는 저녁 무렵
햇볕에 지친 새가
개옻나무 가지에 묻은 노을을 쪼고 있다

밤은 그렇게 온다

—「굴뚝새」전문

이 시는 꿈의 세계에 대한 집착과 구조화된 현실에 대한 비판으로 한데 엉킨 내면을 잘 보여준다. 부조리한 현실 세계에서 허무의 기둥을 쪼며 견디는 자화상을 통해 꿈을 향해 나아가는 견인주의자로서의 면모를 유감없이 보여주고 있다. "굴뚝의 외벽을 쪼면 허공은 바깥부터 허물어진다"는 시적 진술은 처음부터 이 시가 겨냥하는 것이 사물로써의 새가 아님을 암시한다. 새의 현재 상태는 "누구도 새의 가슴속을 측량할 수 없다"는 표현 속에 잘 담겨 있다. 새의 가슴 속에 담겨 있는 진실은 "허전함의 깊이"이며 이는 타인과의 소통 속에 공유할 수 있는 성질의 것이 아니다. 곳곳에 구멍이 난 세계를 감지할 수 있는 것은 누구나 가능한 것이 아니라 예리한 예술적 감수성에 비롯되기 때문이다.

굴뚝새가 할 수 있는 일이란 자신의 부리로 세계를 계속 쪼아내는 것이다. 새의 존재 근거는 굴뚝을 허물어트리고 "근방의 새파란 하늘도 쿵 꺼져" 내리게 하는 것일 뿐이다. 하여 "하늘에 적재된 푸른 내장이 쏟아"질 때 새는 다시 솟아오른다. "굴뚝새가 잘못한 것은 없다"라는 선언적 진술은 굴뚝을 쫀다는 상징적 행위가 굴뚝새의 존재 이유라는 것을 의미한다. 굴뚝을 쫀다는 행위는 점점 확대되어 "새는 나무에, 굴뚝에, 노을에/ 하염없이 구멍을" 내개 된다. 세계 앞에 선 자아가 외롭지만 있는 힘을 다하여 세계를 두드리는 눈물겨운 장면을 마주하게 된다. 세계를 구멍 낸다는 것은 거짓된 현실과 구조화된 기호의 세계에 대항한다는 상징적 행위를 포함하고 있다는 점에서 세계에 대항하는 단독자의 형식을 취하게 된다.

현실적인 의미에서 결국 패배의 운명이 가로놓여져 있음을 알면서도 이 같은 행위를 되풀이하는 것은 한 개체의 불우한 삶의 양식이지만 다른 한편으로는 이 세계를 넘어서고자 하는 불후의 행동 양식이기도 하다. "햇볕에 지친 새가/ 개옻나무 가지에 묻은 노을을 쪼고 있다"는 고백적 진술에서 단독자인 실존의 쓸쓸함과 위대함을 동시에 만나게 된다. "밤은 그렇게 온다" 할지라도 여전히 굴뚝새는 나무를 노을을 쪼고 있을 것이다. 그것은 숨쉬며 살아가는 단독자가 세계에 대항하는 유일한 방법이기 때문이다.

　　이러한 대항의 방법이 극대화될 때 불륜의 형식을 띤 「밤은 꼭 있어야 해요」와 같은 시에서 여자의 행위를 가늠해볼 수 있다. 그림자를 두고 상자 안으로 들어가는 여자의 행위에서 일반적 관계 맺기가 아니라 불륜의 형식으로 사물과의 관계 맺기를 시도하고 있음을 보게 된다.

　　"밤이 꼭 있어야 한다"는 주문을 외우며 정해놓은 한낮의 규칙을 무너트리며 사물과 접속하는 여자의 모습 속에 시적 화자가 투영되어 있다. 밤의 상징은 이 세계가 명백한 듯 보이지만 그렇지 않다는 것을 뜻하며 어둠을 통하여 사물과의 불륜을 꿈꾼다는 것을 의미하는 것이기도 하다. 치열하게 세계와 싸우는 자아가 쓸쓸하게 웃으며 나는 괜찮다고 고백하는 한 편의 시를 소개하는 것으로 글을 마친다. 어쩌면 들린 자들은 대개 이 길 언저리를 서성일 것이다.

　　　여자가 옷을 벗고 있어요
　　　째깍째깍 시간이 흘러가요

여자는 자정 안에 있고
여자는 시곗바늘처럼 돌아가요

자정은 밖에 있고 여자는 상자 속으로 들어가요
여자의 그림자는 상자 속에 못 들어가요
상자는 접으면 모서리가 사라져요

흙비가 온다고 하네요 꽃가루 알레르기는 여전해요 이
틀 밤, 잠을 못 잤어요

오른쪽 팔에 주사를 맞았어요 왼손잡이거든요
자정까지 올 수 있나요
병원 뒤 주차장에 서 있을게요

내 옷은 어디에 있나요 가르쳐주세요 천천히 오세요
길게 대화하는 것은 불가능합니다 집에 가야 돼요 블라우
스가 뒤집혀서 하늘을 향해 있더군요 밤은 꼭 있어야 해
요 두 살짜리, 네 살짜리 아기가 있거든요

그녀는 그녀에게 말합니다
화요일 자정에 걸을 수 있는 여자는 모두 나오세요

—「밤은 꼭 있어야 해요」 전문

현대시세계 시인선 146

화요일 자정에 걸을 수 있는 여자는 모두 나오세요

지은이_ 임혜라
펴낸이_ 조현석
기　획_ 고영, 박후기
펴낸곳_ 북인
디자인_ 푸른영토

1판 1쇄_ 2022년 12월 15일
출판등록번호_ 313 - 2004 - 000111
주소_ 121 - 842 서울 마포구 서교동 460 - 34, 501호
전화_ 02 - 323 - 7767
팩스_ 02 - 323 - 7845

ISBN 979-11-6512-146-4　　03810
ⓒ임혜라, 2022

이 책은 2022년 부산광역시, 부산문화재단 〈부산문화예술지원
사업〉으로 지원을 받았습니다.